LE CIDRE,

ODE,

ET

LES DEUX CHÈVRES,

Fable.

PAR C. G. S. DE LA V**.

À La Valette (Mayenne).

PARIS,

IMPRIMERIE DE FIRMIN DIDOT,

IMPRIMEUR DU ROI, RUE JACOB, N° 24.

M DCCC XXVI.

LE CIDRE,

ODE.

LE CIDRE,

Ode,

ET

LES DEUX CHÈVRES,

Fable.

Par C. G. S. de La V**. *Lavallée*

A La Valette (Mayenne).

PARIS,

IMPRIMERIE DE FIRMIN DIDOT,

IMPRIMEUR DU ROI, RUE JACOB, N° 24.

M DCCC XXVI.

AVERTISSEMENT.

Un certain M. Louis de Chevigné, jeune
homme aimable et bon, disent tous ceux qui
le connaissent, poëte élégant et délicat, disent
tous ceux qui l'ont lu, s'est avisé de traduire,
avec un rare bonheur, l'ode latine de Coffin
sur le vin de Champagne, *Campania vindi-
cata*. Tout paysan que je suis, j'ai fait ma rhé-
torique dans un lycée ; et, sur les bancs,
peut-être me força-t-on d'admirer les vers du
professeur champenois. L'injure gratuite qu'il
adresse au Cidre ne sortait guère de l'enceinte
des Collèges, ou du moins ne pouvait trouver
d'échos dans les salons. Maintenant, hélas! la

calomnie vole de bouche en bouche!....... Comment M. de Chevigné a-t-il pu se résoudre à devenir complice du Poëte latin, et complice si dangereux ? Le charme de ses vers en fait pardonner l'injustice; à la bonne heure: mais la vérité ne perd jamais ses droits: c'est dans le Maine qu'elle a choisi son vengeur; elle doit triompher.

At, qui procaci carmine munera	Mais malheur à qui t'injurie,
Campana vellit, neustriaco miser	Champagne, en ses vers impuissans :
Limo, vel acri fœce guttur	Pour lui s'aigrit le vin de Brie,
Yvriaci recreet rubelli.	Ou l'épais limon des Normands.
Coffin.	L. de Chevigné.

Le Cidre.

ODE.

De Pomone fils glorieux,
Connais tes droits, monte à ta place;
Viens confondre, jusqu'au Parnasse,
De Bacchus les suppôts joyeux.
Tandis qu'une liqueur rivale
Sourit à l'encens qui s'exhale
De leurs vers méchans et flatteurs,
Cidre, répands, sans jalousie,
Les torrens de ton ambroisie
Sur tes obscurs blasphémateurs.

Le jus de la treille enivrante
Cache le poison sous les fleurs :
Et le Lapithe et la Bacchante
Immortalisent ses fureurs.
Sur des lauriers ta gloire assise
Rappelle la noble entreprise
Où tu soutins le fier Normand :
Tu l'animes ; l'Anglais s'étonne,
Il est vaincu : le Conquérant
Te doit son titre et sa couronne.

Aï, Pomare, où sont vos preux ?
Aujourd'hui le Cidre vous somme
De nous signaler le grand homme
Qu'excitèrent vos vins fameux.
La Sicile, avec Naples, cède
Aux Robert-Guiscard, aux Tancrède,
Le prix de leurs vaillans travaux ;
Le Cidre a conquis des couronnes :
A votre tour montrez les trônes
Où se sont assis vos héros.

Mais à d'autres titres peut-être
Vous régnez au sacré vallon :
Vous régnez ! c'est trop méconnaître
Nos droits à la cour d'Apollon.
Combien de temps tous vos poëtes,
Épris de gothiques sornettes,
Rimèrent sans art et sans lois !
Mieux inspiré, sur le Parnasse
Malherbe enfin parle, et sa voix
Réprime leur burlesque audace.

Quels fiers et généreux accens
Frappent et charment mon oreille !
Sont-ce les vers du grand Corneille
Ou Rome même que j'entends ?
De vos écrivains si les veilles
Ont fait oublier ces merveilles,
Vous triomphez, insultez-nous ;
Mais si le père de la scène
Domine encor chez Melpomène,
Injustes rivaux, taisez-vous.

Le Pommier au fertile ombrage
Soutient l'effort des Aquilons;
Il nous verse un heureux breuvage,
Et protège encor nos moissons;
Mais la vigne faible et timide,
Si vous lui dérobez son guide,
Tombe et rampe sur le gazon,
Et la liqueur qu'elle nous donne
Contient toujours le doux poison
Qui fit trébucher Érigone.

Admis à dérider les grands,
Que ton flacon s'enorgueillisse,
Champagne : une gaîté factice
S'allie à la morgue des rangs.
Sans contrainte si je veux rire,
J'irai, chantant les Vaux-de-Vire,
Ouvrage et gloire de nos champs,
Sous le chaume vider la tonne
Que Bacchus envie à Pomone,
Quand il voit sauter les Normands.

Salut, orgueil de la Neustrie,
Fruit utile et délicieux !
Que t'importe la calomnie ?
Tu peux en appeler aux Dieux.
Jamais de galante querelle
Ne troubla la cour immortelle
Pour la grappe qu'offre Bacchus ;
Mais quand le berger de Phrygie
Eut donné la Pomme à Vénus,
Junon frémit de jalousie.

Vins dédaigneux et délicats,
Ainsi que l'opulence altière,
Vous évitez l'humble chaumière :
Sans elle vous ne seriez pas !
Ami généreux et modeste,
Loin des châteaux, le Pommier reste
Fidèle aux mains qui l'ont planté ;
Et dans sa liqueur bienfaisante
La pauvreté reconnaissante
Trouve la force et la santé.

LES DEUX CHÈVRES.

FABLE.

Deux Chèvres, pour même pasteur
Remplissant leurs longues mamelles,
Vivaient ensemble sans querelles,
Chacune selon son humeur :
C'était humeur de chèvre, et partant vagabonde ;
Elles allaient broutant les cytises fleuris
    Au moins une lieue à la ronde.
    On s'en plaignit dans le pays.
A ces courses enfin voulant mettre des bornes,
Le pasteur ennuyé s'avisa d'un moyen :
L'une à l'autre il attache, avec un fort lien,
    Ces promeneuses par les cornes.

Avec la liberté l'amitié s'en alla :

On ne vit plus au loin nos demoiselles ;

L'une tirait par-ci, l'autre tirait par-là

(Époux, vous comprenez cela.).

C'étaient toujours noises nouvelles.

—Grimpons, ma sœur, sur ce rocher,

Dit l'une un jour.—Eh ! qu'y chercher ?

Je reste ici ; j'aime la plaine.

—Vous grimperez, et de ce pas.

—Je grimperai, ma sœur ; non pas.

Bataille alors ; on se pousse, on se traîne,

Tour à tour on monte, on descend,

Et la victoire est long-temps incertaine.

La plus faible à la fin se rend ;

Après sa sœur elle marche en silence

Non sans méditer sa vengeance :

Puis, en apparence d'accord,

D'un pied hardi chacune avance

Vers un roc suspendu sur un abîme immense ;

Voilà ces dames près du bord :

Tout-à-coup la chèvre vaincue

S'écarte du gouffre, et se rue

(15)

Sur l'autre, qui tombe dedans :
Mais le lien fait aussitôt justice,
    Et toutes deux en même temps
    Roulent au fond du précipice.

    Ce fait, qu'un témoin m'a conté,
    Sans doute fournirait matière
    A plus d'une moralité,
    Mais je me borne à la dernière.

Pour peu de chose, et quelquefois pour rien,
    Toi qui ne rêves que vengeance,
Insensé, réfléchis : à celui qui t'offense,
    Tu peux tenir par un lien.

IMPRIMERIE DE FIRMIN DIDOT, RUE JACOB, N° 24.